L'ÎLE DES EFFRAYANTS

4. ANÉMIE
LA MIGNONNE MUSCLÉE

la courte échelle

Les éditions de la courte échelle inc.
160, rue Saint-Viateur Est, bureau 404
Montréal (Québec) H2T 1A8
www.courteechelle.com

Révision : Leïla Turki

Dépôt légal, 1er trimestre 2012
Bibliothèque nationale du Québec

La courte échelle reconnaît l'aide financière du gouvernement du Canada par l'entremise du Fonds du livre du Canada pour ses activités d'édition. La courte échelle est aussi inscrite au programme de subvention globale du Conseil des Arts du Canada et reçoit l'appui du gouvernement du Québec par l'intermédiaire de la SODEC.

La courte échelle bénéficie également du Programme de crédit d'impôt pour l'édition de livres – Gestion SODEC – du gouvernement du Québec.

Catalogage avant publication de Bibliothèque et Archives nationales du Québec et Bibliothèque et Archives Canada

Pelletier, Marthe

    L'île des Effrayants

    Sommaire : t. 4. Anémie, la mignonne musclée.

    Pour enfants de 7 ans et plus.

    ISBN 978-2-89651-510-3 (v. 4)

I. Fortier, Sara. II. Titre. III. Titre : Anémie, la mignonne musclée.

PS8581.E398I43 2010   jC843'.6   C2010-941745-3
PS9581.E398I43 2010

Imprimé au Canada

L'ÎLE DES EFFRAYANTS

4. ANÉMIE
LA MIGNONNE MUSCLÉE

Marthe Pelletier

Illustrations de Sara Fortier

LOIN, TRÈS LOIN DE TOUS LES CONTINENTS SE TROUVE...

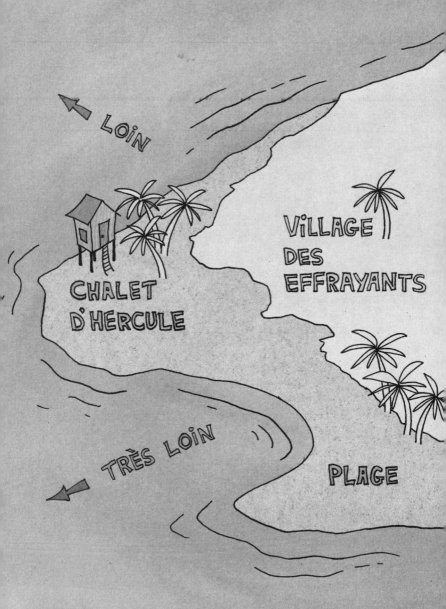

LES
DERNIERS
EFFRAYANTS

Ils vivent sur une île dont ils ne peuvent s'échapper. Sur les cinq continents, les autres monstres ont été domptés par les Humains et ne sont plus terrifiants. Ils sont devenus des Ridicules malheureux, enfermés dans des zoos où tout le monde se moque d'eux.

LES
TERRIBLES
MIMS

Ils s'amusent à tricher, à mentir
et à tourmenter les grands monstres
de l'île. Ces enfants effrayants sont
minuscules, laids, sales, méchants
et chauves. Quand ils deviennent
poilus, leur enfance est terminée.
Pour grandir, ils doivent toutefois
rôtir dans le Crâne Crépitant,
et ça, ce n'est pas de la rigolade.

LA GRANDE ZIA

Elle est la reine de tous les monstres de la terre. Elle est la plus vieille, la plus fourbe et la plus cruelle des Effrayants. Son visage est dégoûtant, sa voix, insupportable, et tous ses sujets l'admirent. Elle est si détestable !

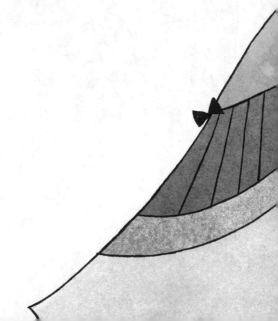

LE BRAVE HERCULE

Il est le chef des dompteurs et, pour les Effrayants, c'est une vraie terreur. Un seul regard d'Hercule peut les rendre ridicules. Le chef des dompteurs est le plus puissant des Humains et, à son avis, Zia est la plus amusante des créatures malfaisantes. Pour la voir plus souvent, il s'est bâti un chalet sur l'île des Effrayants.

L'INFÂME MILO

Il est le fils d'Hercule et il a sans doute des qualités, mais personne n'a eu la chance de les voir. Ce sacripant est jaloux, vantard, hypocrite et menteur, et il est prêt à tout pour réaliser son rêve : devenir chef des dompteurs à la place de son père.

PACTE ENTRE LES HUM

Article 1 – Les Humains acceptent que la reine des Effrayants et ses sujets vivent en liberté sur une île en plein milieu de l'océan. Les monstres aquatiques et volants pourront les accompagner, à condition de sacrifier leurs ailes ou leurs nageoires.

Article 2 – Aucun Effrayant ne tentera de s'évader de l'île, sous peine d'être pourchassé, puis enfermé dans le zoo de Ridicules le plus proche.

Article 3 – De jeunes Effrayants seront créés pour remplacer les vieux monstres qui mourront, sur l'île ou dans les zoos. Le chef des dompteurs contrôlera l'éclosion des Mims et leur transformation en grands Effrayants, et il escortera chacun d'eux dans le monde des Humains.

MAMBO MANDELA

WILLIAM WILLS

KITTY KENNEDY

TAÏ TSÉ TUNG

Article 4 – C'est un enfant qui choisira la forme du nouveau monstre en dessinant la créature la plus effrayante qu'il puisse imaginer.

Article 5 – Le jeune Effrayant devra alors affronter l'enfant, qui essaiera de le dompter au cours d'un Grand duel astucieux. S'il gagne, il retournera sur l'île des Effrayants. S'il échoue, il ira au zoo.

Article 6 – La reine jure sur son honneur que ses Effrayants combattront aux côtés des Humains en cas d'attaque d'extraterrestres ou d'autres créatures inconnues.

SASHA STALINE

ZIA, REINE DES EFFRAYANTS

Dessinez **LE PIRE MONSTRE** que vous pouvez imaginer.

Envoyez votre dessin au dompteur Hercule.

Parmi tous les **HORRIBLES DESSINS** reçus, le dompteur choisira **LE PLUS TERRORISANT**.

Grâce à ses pouvoirs et au dessin choisi, la reine Zia transformera son Mim en **GRAND EFFRAYANT**.

Si votre dessin est sélectionné, vous devrez affronter le nouveau monstre effrayant au cours d'un **GRAND DUEL ASTUCIEUX**.

Si vous ridiculisez le monstre, il sera enfermé dans un zoo. Vous gagnerez un voyage familial dans le lieu de votre choix, et votre rêve le plus cher sera exaucé.

Si c'est le monstre qui gagne en vous terrorisant, vous devrez balayer pendant un mois les cages du zoo de votre pays. Le monstre victorieux retournera sur l'île des Effrayants.

CHAPITRE 1

UN LIVRE PLUS POILU QUE MOI

J'ai horreur des petits monstres insignifiants. Moi, je serai un vilain monstre géant!

Plus méchant que la reine Zia, plus terrifiant que le dompteur Métallik.

Je suis musclée, je suis futée et je suis poilue de la tête aux pieds. Je convaincrai Zia de me transformer.

Dès que je la rattraperai.

Elle traverse le village en coup de vent. Hercule galope derrière elle. Et moi, je les poursuis en volant. Quand ils s'engouffrent dans le château, je m'y faufile en vitesse par une fenêtre ouverte.

Zia n'est pas de bonne humeur. Ses talons claquent sur le plancher et je l'entends grommeler :

— Tu es ridicule avec ce bermuda, Hercule.

C'est vrai. Sans son costume, Hercule est moins impressionnant que d'habitude.

— Je n'ai plus de cheveux, Zia. Selon la loi, je ne suis plus le chef des dompteurs. Si je portais mon costume, j'aurais l'impression de tricher.

— Tu es trop honnête. C'est une grande faiblesse pour un chef !

— Attention, Zia ! gronde le dompteur. Avec ou sans costume, je suis plus fort que toi !

La reine se penche et lui tapote la joue.

— J'adore quand tu te fâches, mon grand chou chéri.

En souriant, elle l'entraîne jusqu'à une grande bibliothèque poussiéreuse.

Toute cette saleté me fait éternuer, et Zia découvre ma présence. Elle est loin d'être contente.

— Je ne t'ai pas invitée, Anémie ! Que fais-tu ici ?

— Depuis hier, je suis poilue, Majesté. Je veux passer dans le Crâne Crépitant.

La reine siffle méchamment :

— Je te transformerai quand je l'aurai décidé, petite insolente !

GRRR... De gros mots se bousculent dans ma bouche, mais Hercule effleure ma tête et marmonne tristement :

— Tes cheveux sont noirs comme ceux que j'avais... avant qu'ils tombent.

Je me calme, mais Zia s'impatiente :

— Cesse de te plaindre, Hercule. Cherche plutôt le livre de magie dont je t'ai parlé. C'est un vieux grimoire intitulé *Potions et grigris de la sorcière Granzertiti*.

Dans la bibliothèque du château, des tas de bouquins poussiéreux s'amoncellent sur le plancher. Je remarque une pile d'albums de contes et légendes, des livres de recettes dégueulasses, des magazines monstrueux, et une montagne de livres de magie.

Le dompteur ramasse une bande dessinée graisseuse et lève les sourcils :

— C'est une mission difficile et salissante, ma chère Zia.

— Seule la potion de Granzertiti peut faire repousser tes cheveux, mais reste propre et chauve si tu veux.

En soupirant, Hercule escalade la montagne de livres de magie. Zia époussette un vieux trône crasseux. Et moi, je me force à parler poliment à ma cruelle souveraine.

— Quand me permettras-tu de grandir, Majesté ?

Sa Majesté ricane :

— Quand Hercule aura retrouvé le manuscrit de Granzertiti.

Elle s'assoit sur le trône et commence à se limer les ongles.

Hercule ronchonne :

— Tu pourrais m'aider, Zia !

— Je suis occupée, répond la reine. Anémie cherchera avec toi.

Je me mets donc à fouiller, moi aussi.

De longues heures plus tard, Zia ronfle sur son trône. Hercule et moi sommes couverts de poussière… mais nous avons découvert le grimoire de la sorcière !

De longs poils ont poussé sur sa couverture. Sous cette frange de cheveux crottés se cache le portrait d'une femme barbue.

— Ce livre est plus poilu que toi, Anémie ! s'exclame Hercule joyeusement.

Zia s'éveille et applaudit :

— Bravo, c'est bien le manuscrit de Granzer-titi. Quand je l'ai volé, j'ai renversé de la potion dessus.

La reine est de bonne humeur. C'est le moment de lui rappeler sa promesse :

— Le grimoire est retrouvé, Majesté. Tu peux me transformer !

— Non, je ne peux pas, bougonne-t-elle. Hercule n'a plus de monstres dessinés.

Cette fois, les gros mots explosent en sortant de ma bouche :

— TU MENS. TU N'ES QU'UNE VIEILLE REINE POURRIE !

— Je n'ai plus de dessins, c'est la vérité, gronde Hercule. Excuse-toi et déguerpis. Zia doit s'occuper de moi.

Il me fixe dans les yeux et, soudain, je me sens en grand danger. Mon estomac se ratatine, mes jambes sont paralysées et j'ai envie de pleurer.

MILLE PÉTARDS ! Le dompteur a perdu ses cheveux, mais pas ses pouvoirs !

CHAPITRE 2

JE NE SUIS *PAS* MIGNONNE

Cette crapule d'Hercule n'a plus de dessins, et l'infâme Zia se moque de moi ! Je suis en furie. Je grandirai aujourd'hui ou je ne m'appelle plus Anémie !

Je fonce chez Picasso. Je fracasse une vitre pour entrer et je hurle :

— *DESSINE-MOI UN EFFRAYANT ! TOUT DE SUITE !*

Picasso est un gros vaniteux. Il lève le nez et me défie :

— Je suis le meilleur peintre de l'île. Je dessine quand ça me plaît, espèce de misérable !

— Et moi, je suis la plus musclée des misérables, espèce de gros boursouflé !

Je m'empare d'un pinceau et je le soulève comme un haltère au-dessus de ma tête. Je montre les dents :

— Tu m'obéis ou je le casse !

Picasso se tape une cuisse en rigolant :

— Tu te prends pour une championne, ma mignonne ?

Il m'énerve, ce lézard obèse ! Je rugis :

— Je ne suis PAS mignonne !

Et *CRAC !*

Je casse le pinceau et le lance au loin.

Picasso se jette par terre et le ramasse en gémissant. Je choisis un autre pinceau…

Et *CRAAAC !*

Je le brise, lui aussi.

Cette fois, le boursouflé se jette sur moi. Je l'avertis :

— Maltraiter un Mim est un crime ! Je te dénoncerai à Sa Majesté.

Picasso me lâche. Il ne veut pas être puni. Il me supplie :

34

— Non, ne lui dis rien. Je vais te faire ton dessin.

Pour me prouver sa bonne volonté, il sort une feuille de papier et se met à travailler. Je m'approche pour regarder. Le gros bouffi n'a rien compris ! Je tape du pied :

— Ça ne va pas du tout. C'est un portrait de Zia !

— Mais c'est le seul Effrayant que je peins ! Tu ne l'aimes pas ?

— Tes portraits sont fameux. Mais tu dois inventer un Effrayant juste pour moi.

— Pourquoi donc ?

— Hercule n'a plus de dessins. Je ne peux pas passer dans le Crâne Crépitant.

— Mais, proteste Picasso, le dessin doit être fait par…

Je lui coupe le sifflet :

— Tais-toi, sinon je me fâche.

Picasso rouspète encore :

— Mais c'est un enfant qui doit…

Pour lui clouer le bec, je brise un de ses tableaux.

Picasso pousse un cri et sort une autre feuille de papier. Il gribouille à toute vitesse et me présente son invention : l'image d'une boîte percée de trous.

— Es-tu idiot ? Ce n'est pas un Effrayant !

— Dans cette boîte, il y a le monstre que tu veux !

C'en est trop. J'explose !

— MILLE PÉTARDS ! J'en ai assez ! Dessine-moi un Effrayant épouvantable, avec une gueule de crocodile et un corps de gorille !

Cette fois, il m'obéit.

Je suis ravie. Mon croco-gorille a des bras musclés et des cheveux en bataille, comme moi !

Et il n'est PAS mignon DU TOUT !

CHAPITRE 3

CHUT ! LA REINE LIT

Mon dessin sur le dos, je vole jusqu'au château. Sur la porte, la reine a placardé une affiche.

J'entre donc sans frapper en marchant sur la pointe des pieds. J'entends des grognements et un air de piano endormant.

Je me dirige vers la salle de musique. Zia est assise sur un sofa. Elle grogne en lisant à la loupe le grimoire de Granzertiti. C'est Hercule qui joue du piano.

Je m'avance dans la salle, et le plancher couine sous mon poids.

Crrrrric!

Hercule sursaute et se retourne vers moi.

CHHHHHUT!

Je cesse de bouger, mais Zia m'a vue. Elle se met à crier:

JE NE VEUX PAS ÊTRE DÉRANGÉE! RHAAAA

Hercule me repousse vers la sortie :

— Elle déteste lire. Je te conseille de fuir.

Je fais semblant d'obéir, mais je râle tout bas. Ils n'ont même pas vu mon croco-gorille !

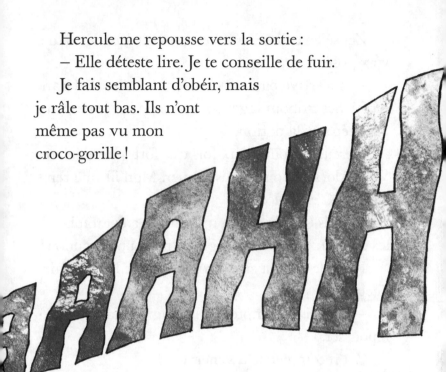

Je serre les poings et reste près de la porte pour les épier.

Hercule marche vers Zia. Sans cesser de hurler, elle lui jette le livre au visage. Le dompteur lui dit doucement :

— Ça suffit, Zia. Calme-toi !

Zia se lève, lisse sa robe et se met à parler d'une voix posée :

— Je n'arrive pas à déchiffrer l'écriture de Granzertiti. Ses gribouillages sont trop petits. Je ne peux pas préparer la potion.

Hercule respire deux fois très fort, puis déclare :

— Alors, je dois démissionner. Mon fils me remplacera. C'est la loi.

— Mais ton fils est un tricheur ! Il a fait tomber tes cheveux grâce à la magie d'une poupée vaudou !

Hercule s'assoit sur le sofa et baisse la tête, l'air piteux :

— Et moi, je compte sur la magie pour les faire repousser...

Zia recommence à s'énerver :

— Toi, tu en as le droit ! Tu veux juste déjouer le plan de ton fils hypocrite !

— Milo n'est pas complètement sans cœur, soupire le dompteur. Je suis sûr qu'il m'aime un peu, malgré tous ses mauvais coups.

La reine crache de dégoût :

— Milo t'a toujours trompé. Avant de réussir, il a fait six tentatives ratées. C'est un mauvais fils. Tu dois le punir.

– C'est vrai qu'il a mal agi. Je pourrais lui donner une leçon ! Mais comment ?

La reine pouffe de rire :

– On va créer des monstres illégaux pour l'épouvanter. S'il est terrifié, il ne voudra plus devenir chef des dompteurs.

Hercule pousse un gros soupir et se couche de tout son long sur le sofa.

– Tu oublies que je n'ai plus de dessins…

– Il y a des dessins près d'ici, clame Zia. Je le sens !

Je ne peux pas me retenir. Je fonce vers eux en m'égosillant :

– J'en ai un, moi !

Je me rue sur le dompteur et lui montre mon croco-gorille.

Hercule sourit :

– Il est très réussi. Où l'as-tu pris ?

Zia m'arrache le dessin des mains, le regarde une seconde et le lance en l'air. Je suis insultée.

– Pourquoi le jettes-tu ? C'est un Effrayant atroce !

— C'est un dessin de Picasso, imbécile ! Les Effrayants doivent être dessinés par des enfants.

Je rouspète, mais Zia ne m'écoute pas. Elle secoue Hercule.

— Lève-toi, mon gredin déplumé. On va fouiller ton chalet. On trouvera des dessins, je le sais.

Puis, la reine me fusille du regard :

— Si je te revois ici, Anémie, tu resteras une Mim toute ta vie !

C'en est trop ! Je saute sur le piano en hurlant :

Zia m'empoigne par le cou et m'approche de son visage.

Sans réfléchir, je lui donne deux gifles sur le nez.

PIF ! PIF !

Oups ! la reine est très fâchée. Elle rugit :

– TOI, MA PETITE, TU VAS TE CALMER !

CHAPITRE 4

DES CROUSTILLES ET DE LA LIMONADE

Zia me jette sur le sol d'un sombre cachot.

Pas de chance! Je tombe côté face et je m'érafle le nez!

Elle me lance une poignée de pièces métalliques.

— Tiens, me dit-elle. Ce sont des jetons pour la machine distributrice.

Et *BONG!*

La porte de fer claque dans mon dos.

Puis, une lumière éblouissante illumine ma prison.

MILLE PÉTARDS ! Qu'est-ce que c'est que cette décoration ?

Tous les murs sont couverts de portraits de Zia !

Et toutes les Zia me fusillent du regard !

Dans le cachot, il n'y a que ces affiches et un gros cube rouillé posé dans un coin. Sans doute la distributrice !

Je ne pourrai jamais supporter de voir ça toute la journée ! Rien que d'y penser, j'ai envie de m'arracher les cheveux !

Je déteste Zia! Je me rue sur ses portraits, j'en détruis autant que je peux, je grogne, je transpire, je les déchire en petits morceaux, j'en fais une montagne de confettis.

Ouf! je me sens mieux.

Mais un petit grattement me tape sur les nerfs.

Je me retourne et j'aperçois un rat derrière moi. Il essaie de déterrer un os enfoui dans la terre.

Je grogne:

— N'y touche pas! C'est à moi!

Il couine et me griffe.

Je lui flanque mon poing sur la mâchoire.

Il se sauve en zigzaguant et disparaît derrière la vieille distributrice.

Je m'approche de cette machine inconnue. À travers la vitre, je vois ce qu'elle distribue: des croustilles nature, des croustilles au vinaigre, des croustilles au ketchup et de la limonade.

J'ai tout à coup une faim de loup.

Je mets un jeton dans son ventre, je fais mon choix, et elle me crache un sac. Je n'ai jamais mangé de croustilles, mais j'en ai vu à la télé. Les Humains ont l'air de s'en régaler.

J'ouvre le sac, j'en mange une poignée…

POUAH! CES TRUCS-LÀ SONT DÉGUEULASSES!

Je suis fâchée, mais je n'ai pas le temps de piquer une crise. Des haut-parleurs se mettent à grésiller. Puis, la voix de Zia me tombe dessus et me glace le sang. C'est affreux! Une vraie torture! La reine chante:

TU AS DÉPLU À ZIA
HA! HA! HA! HA!
TU LE REGRETTERAS
SHABADOU WAAA!

J'ai mal à la tête, j'ai des crampes à l'estomac, je pense mourir, mais après, ça devient encore pire…

La reine répète ce refrain plus haut et plus fort. Elle le chante encore et encore… Je ne peux plus l'endurer ! Je suis enragée !

Je tape sur la machine distributrice. À coups de poing et à coups de pied, de toutes mes forces.

BANG ! BANG ! BANG ! BANG ! BANG !

Je frappe, je frappe… et la machine vomit soudain des tas de sacs de croustilles.

Ça me surprend et je cesse de cogner sur elle.

Les haut-parleurs sont silencieux.

Zia ne chante plus, mais une autre voix résonne à présent dans mon cachot.

— Qui es-tu ? me demande la voix inconnue.

— Je suis la Mim Anémie. Es-tu un fantôme ou un prisonnier ?

— Je m'appelle Apollo. Pousse-toi, Anémie. J'arrive !

CHAPITRE 5

LES POUX D'APOLLO

Une trappe s'ouvre dans le sol et une boule de poils sales grimpe dans mon cachot.

Ce tas de poils n'est pas plus grand que moi ; il a des ailes sur le dos, et une bouche qui s'ouvre entre une barbe et une moustache crottées.

Aucun doute, Apollo est le Mim le plus poilu que j'ai jamais vu !

Je suis très surprise :

— Tu as creusé un tunnel entre deux cachots ?

— Je l'ai creusé pour m'évader, ronchonne-t-il, mais je me suis trompé dans mes calculs.

Sa barbe traîne encore dans le trou. Il en tire un bout et, tout à un coup, il est entouré d'un nuage de poux dorés.

J'en attrape quelques-uns pour les croquer.

— Relâche-les tout de suite, crie Apollo. Ce sont des poux savants ! Je te montrerai leur spectacle tantôt.

En parlant, Apollo remonte sa barbe interminable. Un doute affreux me pince l'estomac. Je lui demande :

— Depuis quand es-tu en prison ?

— Euh… je ne sais pas trop. J'étais jeune quand Zia m'a enfermé. À présent, je suis vieux !

MILLE PÉTARDS ! C'est un vrai cauchemar !

Apollo est emprisonné depuis des années !

Il me jette un coup d'œil joyeux :

— Si on creusait à deux, on aurait plus de chances de s'évader. Qu'en penses-tu ?

Je ne réponds pas. Je réfléchis. Je me demande si Zia va m'oublier ici, moi aussi !

Apollo grimpe sur le dessus de la distributrice et me dit :

— Viens. Je veux te montrer le numéro de mes poux savants.

Je le rejoins et il tape dans ses mains. Les poux se rassemblent devant lui. Il leur crie :

— Allez-y, les petits !

Les poux se bousculent, rebondissent, lancent des cris minuscules et, sur le sol, leurs petits corps dessinent la tête de Zia.

Apollo applaudit, mais moi, je me fâche :

— Ce numéro n'est PAS amusant. Je déteste la reine !

Au même moment, la chanson de Zia recommence à jouer. Je m'arrache deux cheveux et je hurle :

— SI JE RESTE ICI, JE DEVIENDRAI FOLLE !

Apollo ouvre un sac de croustilles et en mange une sans grimacer :

— Il n'y a qu'un moyen de s'échapper...

***

Je creuse un tunnel avec Apollo. Après deux jours de travail, notre trou est à peine plus grand qu'un Mim. La liberté est encore loin !

On n'avance pas vite. Le sol est dur, Apollo est vieux, et moi, j'ai la nausée à cause des croustilles que j'ai mangées.

J'entends soudain un bruit de clé dans la serrure. La porte s'ouvre avec fracas et Zia entre dans le cachot. Elle s'étonne :

— Tiens, vous êtes deux maintenant ! Qui es-tu, toi, le crasseux ?

Apollo se précipite vers elle, trébuche sur sa barbe et tombe à ses pieds :

— Je suis Apollo et je regrette de t'avoir déplu, Majesté. Vas-tu enfin me libérer ?

La reine sourit :

— Tu tombes bien ! Je cherche des Mims poilus à transformer. J'ai trouvé des dessins délicieusement effroyables !

Je croise les bras et me plante devant Zia.

— Vas-tu me libérer, moi aussi ?

— Oui, Anémie. Malgré ton insolence, j'adore ton sale caractère.

Je saute de joie. J'ai enfin le droit de grandir !

Apollo tousse timidement :

— Laisse-moi te remercier, Majesté. Regarde le spectacle que j'ai créé pour toi.

Le crotté se lève et commande :

— Allez-y, les petits !

Les poux se rassemblent une nouvelle fois et, après des cris et des bousculades, ils tracent sur le sol la tête de la reine.

Zia s'approche de son portrait vivant… et le piétine avec rage.

— Ils ont oublié de dessiner ma couronne, ces idiots !

Je me sers une poignée de poux écrasés tandis que les survivants se réfugient dans la barbe d'Apollo.

Miam ! Ces poux dorés sont succulents.

CHAPITRE 6

DES CADEAUX POUR MILO

Apollo est assis sur une assiette. Il ronge des os de lapin que les cuisiniers lui ont servis.

C'est difficile pour lui de grignoter. Il n'a presque plus de dents.

Zia s'en va chez Hercule en transportant l'assiette dans laquelle Apollo mange.

Moi, je vole devant eux. J'ai trop hâte de voir les dessins.

Zia entre dans le chalet et annonce gaiement :

— Regarde ça, mon gredin déplumé. J'ai trouvé un Mim oublié dans un cachot. Tu auras deux cadeaux pour Milo.

Apollo s'indigne :

— Je ne veux pas être un cadeau. Je veux être un monstre qui fait peur aux enfants.

Hercule sourit et lui montre l'image d'un crapaud volant.

— Regarde de quoi tu auras l'air !

Apollo est satisfait. Ce crapaud est très laid.

Zia veut voir tous les dessins avant de choisir le mien. Elle les sort un à un de la boîte et les examine avec soin.

Pour ne pas m'impatienter, je décide de m'entraîner. Hercule me prête deux crayons qui me servent d'haltères.

Le dompteur a remis son costume et ses bottes. Il a même décidé de remettre ses cheveux. Debout devant un miroir, il les fixe sur son crâne avec du ruban adhésif.

Il se tourne ensuite vers moi :

— Comment me trouves-tu, ma petite Anémie ?

— Comme d'habitude, Hercule. Le papier collant ne paraît presque pas.

Le dompteur pouffe de rire :

— C'est bien ce que je pensais. Milo croira que j'ai encore mes cheveux.

En souriant, il s'assoit devant son ordinateur et compose un numéro. Je l'observe en soulevant mes haltères. La tête d'un Humain apparaît à l'écran. Le vilain Milo est couvert de grosses pustules rouges.

— Ta varicelle est virulente, lui lance Hercule. Dommage ! Je voulais t'inviter à mon chalet !

— J'irai te voir quand je serai guéri.

— Tu ne le regretteras pas. J'aurai deux beaux cadeaux à t'offrir. Bon, je te quitte, je dois me laver les cheveux.

Milo fixe les trois poils de son père et grimace.

— Tu sais, j'ai rêvé que tu étais chauve !

— La fièvre t'embrouille les idées. Soigne-toi bien, et n'oublie pas de venir me voir.

— À bientôt, papa ! Je pense toujours à toi.

Bon, j'en ai assez des exercices. Ma patience est à bout, et je songe à casser mes haltères quand Zia s'exclame enfin :

Milo, 8 ans

— Venez voir, j'ai trouvé !

MILLE PÉTARDS ! Je n'ai pas attendu pour rien. Cet Effrayant est épatant ! Je n'en ai jamais vu de semblable !

Hercule et Zia posent leurs dessins côte à côte. Ils se regardent d'un air satisfait.

— Mon sacripant aura la frousse de sa vie, n'est-ce pas, chère Zia ?

— Il ne rêvera plus jamais d'être chef à ta place, cher Hercule.

Ils sont sûrs de leur coup. Moi, j'ai quand même un doute. J'en parle à Hercule :

— Qu'est-ce qu'on fera s'il n'a pas peur de nous ? Ton fils est un dompteur, après tout !

— Ne t'inquiète pas. Vous êtes les pires monstres qu'il peut imaginer. C'est lui qui vous a dessinés !

CHAPITRE 7

PNEU RÔTI ET FEUX D'ARTIFICE

La place du village est un vrai champ de bataille.

Ça boxe dans tous les coins, et les cuisiniers protègent leur festin à coups de fourchettes et de cuillères de bois.

Ils ont préparé un pneu rôti, des queues de rat en ratatouille, des biscuits à l'huile de batterie et du jus de mouffettes écrasées.

— C'est l'heure de la cérémonie ! clame la reine.

Sa voix couvre le boucan et défonce mes tympans. Tous les monstres se calment, et moi, je frissonne.

Zia m'impressionne. De gros nuages noirs
lui font une terrible couronne, et des éclairs bleus
sortent de ses yeux. On dirait que la reine des
Effrayants est aussi la reine des cieux !

Près d'elle, le dompteur pose le Crâne Crépitant sur une table de pierre. Entouré d'un nuage
de poux dorés, le vieux Apollo y entre et tire à
l'intérieur son interminable barbe.

Dans le silence total, Zia se pique un doigt.

Deux gouttes de sang fumant s'écrasent sur le dessin qu'elle tient. Elle le glisse près d'Apollo et prononce des mots étranges.

Puis, elle crie en pointant le ciel, et la foudre s'abat sur le pauvre Apollo. Le Crâne Crépitant s'agite follement, et ses orbites lancent des feux d'artifice.

Les Effrayants poussent des exclamations de surprise, et le dompteur applaudit :

— Bravo, Zia ! il est fameux, ton nouveau tour !

Zia lui fait un clin d'œil et chuchote :

— Ce n'est pas un tour. Ce sont les poux d'Apollo qui éclatent !

Après les feux d'artifice, le crâne d'or semble exploser dans un éclair aveuglant.

Puis, il roule par terre à côté d'un gros crapaud volant.

Le crapaud Apollo est d'une saleté extraordinaire. Une odeur d'œuf pourri se répand autour de lui. Il bouge les ailes et s'élève un peu, puis il se pose devant un miroir et examine son menton barbu.

Il rigole bêtement :

— Je n'ai plus de poux, mais je pue ! Youpi !

Des spectateurs s'agitent et protestent :

— Hé ! c'est un monstre volant ! C'est défendu !

— Ouais, il y a quelqu'un qui triche par ici !

— Mêlez-vous de vos affaires, tonne Zia. Hercule a lui-même choisi les dessins. Si quelqu'un n'est pas d'accord, il ferait mieux de se taire…

Les Effrayants baissent la tête, et le dompteur remet le Crâne Crépitant sur la table. Aïe aïe aïe ! c'est à mon tour de rôtir dedans !

Pour avoir moins peur, je ferme les yeux et je compte. À neuf, mon poil prend feu et je perds connaissance…

Ça y est, l'épreuve est finie. À moitié étourdie, je sens qu'on me soulève dans les airs. J'ouvre les yeux et je suis catastrophée !

Zia me tient dans sa main. Je suis plus petite que son pouce !

Les Effrayants rient de moi :

— C'est un moustique, celle-là ?

— Non, c'est un microbe microscopique !

Je ne peux pas supporter ces moqueries. Je me bouche les oreilles et je crie :

— *Hiiiiiiiiiiiiiiiiiiiiiiiiiiiiiiiiiiiii !*

Le gros miroir se casse en mille miettes !

Badaclinnnnnggggg !

Tous les verres et les assiettes aussi !

Pof ! Bing ! Clang ! Paf ! Ping ! Crac ! Clinc !

La géante Zia me regarde en souriant :

— Anémie est une minus… Mais sa voix est celle d'une reine !

CHAPITRE 8

JE SUIS UN PETIT MONSTRE INSIGNIFIANT

Apollo et les autres se goinfrent des délices du festin.

Moi, je suis cachée dans le chalet d'Hercule. Je n'ai pas le cœur à la fête. Je suis trop énervée. Pour me détendre, je fais des haltères avec un cure-dent.

Hercule et Zia arrivent en se chamaillant. Je plonge sous le canapé et je les épie.

Le dompteur est rouge de colère. Il accuse la reine :

— Tu l'as fait exprès !

— Jamais de la vie, mon grand chou chéri ! C'est parfois compliqué, la magie.

— Elle est complètement ratée ! Un monstre aussi petit, ça ne s'est jamais vu !

— Malgré ce que tu penses, Anémie est une vraie Effrayante.

— Tu veux rire, Zia ! N'importe qui peut l'écraser d'une tape !

— Elle est capable de se défendre. Elle a un sale caractère et un grand pouvoir secret.

— Peuh ! fracasser des tasses et des assiettes, tous les Humains peuvent faire ça !

C'est vrai. Je suis un petit monstre insignifiant.

Je serre les poings et j'essaie de casser mon cure-dent. Catastrophe ! j'en suis incapable !

Le dompteur boude et Zia lui pince la joue.

— Hercule, tu es un idiot. Tu oublies aussi Apollo.

— Ce gros crapaud n'est pas très intelligent. À lui seul, il ne pourra pas vaincre mon fils.

— Pourtant, je l'ai doté d'un pouvoir abominable…

La reine se penche et chuchote à l'oreille du dompteur. Il ouvre des yeux ronds… puis, il s'écrie :

— Zia, tu es géniale ! Pardonne-moi d'avoir douté de toi !

— Je suis la pire des Effrayantes, tu l'oublies souvent !

— Je retourne chercher Apollo. Je m'occuperai de lui jusqu'à l'arrivée de Milo.

— Bonne idée, mon grand chou chéri. Moi, je me chargerai d'Anémie.

Dès qu'Hercule est sorti, Zia s'assoit sur le canapé et m'appelle.

— J'ai reconnu ton odeur, Anémie. Sors de là !

Je fonce sur elle en volant et je la menace avec mon cure-dent.

— Tu m'as trompée, Majesté. Je veux savoir pourquoi.

La reine donne une pichenette sur mon arme, et je m'écrase sur ses genoux.

— Je ne t'ai pas trahie, petite sotte. Tu dois être minuscule pour réussir la mission que je vais te confier.

Je me relève et je croise les bras :

— Ah oui ? explique-moi ça !

Les yeux de Zia se mettent à briller.

Elle commence à me raconter…

« Il y a longtemps, ma petite Anémie, les Humains m'ont volé mon royaume. Ils m'ont exilée sur cette île ridicule en chargeant Hercule de me surveiller.

Ce gredin est brave et puissant, mais il est aussi très amoureux de moi. Il ne voit pas que je le trompe et le méprise.

Cette faiblesse le perdra. Je le dépouillerai bientôt de ses trésors et de ses pouvoirs. Il sera le dernier chef des dompteurs. Et moi, la grande Zia, je régnerai à nouveau sur la terre entière.

Pour réussir mon plan, il ne me manque que mes oiseaux-tonnerre. J'ai besoin d'eux pour m'échapper de l'île.

Ils sont enfermés dans le zoo de Ridicules du Texas, et c'est toi qui les délivreras. Tu les reconnaîtras facilement. Gabor a le plumage argenté, Gazou est d'un jaune flamboyant et tous deux sont immenses.

Je t'ai créée sur mesure pour cette mission. J'ai pensé à tout, tu peux me faire confiance.

Quand tu reviendras avec mes oiseaux géants, je me débarrasserai d'Hercule. Et de son fils aussi, si cet imbécile n'est pas déjà mort de trouille en combattant Apollo.

Pour récompenser ton exploit, je te ferai grandir autant que tu voudras. Tu deviendras le plus gros monstre de la terre si cela te chante.

Alors, que penses-tu de mon histoire, ma petite minus à la voix d'or ? »

75

MILLE PÉTARDS ! JE L'ADORE !

Je suis folle de joie.

Je décolle en trombe, je tourne dans les airs et je casse un cure-dent en plein vol.

Génial ! j'ai retrouvé ma grande forme !

CHAPITRE 9

L'OCÉAN EST IMMENSE

Le Texas est loin, très loin de l'île des Effrayants. Pour y aller, je devrai traverser l'océan.

Chaque matin, je m'entraîne pour renforcer les muscles de mes ailes. Zia m'enferme ensuite dans la bibliothèque. Je dois étudier la géographie : les vents, les courants de l'océan et la carte des États-Unis. Le soir, Zia m'offre un festin et me raconte les exploits des pires Effrayants.

Ce matin, je suis enfin prête pour mon voyage, et Zia m'accompagne sur la plage.

Dans le village, Hercule se promène à bicyclette.

Il a mis une casquette et le bermuda que Zia n'aime pas.

Il porte aussi un pince-nez, car le gros Apollo flotte au-dessus de sa tête.

— Il empeste, c'est effrayant ! lance-t-il gaiement à la reine.

Le crapaud volant a un fil à la patte. Hercule l'emmène partout

avec lui. Il le prépare
pour un Grand duel avec son
fils. Il lui révèle toutes les craintes et
les faiblesses de Milo.

Avec un tel entraîneur, Apollo sera vainqueur,
c'est certain !

Le dompteur ne s'occupe pas de moi. Il me
trouve trop petite. Ça me vexe un peu, mais Zia est
contente.

— Quand tu seras en mission, il ne remarquera
pas ton absence.

— Et s'il demande à me voir ?

— Je dirai qu'une grenouille t'a mangée.

Debout sur l'épaule de Zia, je fixe le soleil au-dessus de l'océan. La reine me donne ses derniers conseils :

— Quand tu reviendras, attends la nuit pour t'approcher du château. Hercule ne doit pas voir mes oiseaux-tonnerre.

— Compte sur moi. J'y penserai.

— Tu me trouveras dans ma tour. J'y dormirai chaque soir jusqu'à ton retour.

— Je me dépêcherai. J'ai hâte d'être grande. À bientôt, Majesté !

Je m'envole et m'éloigne à tire-d'aile. Je compte les nuages, puis je fais la course avec une mouette.

Quand je regarde derrière moi, l'île a disparu.

Je suis toute seule au-dessus de l'océan immense.

Dans l'eau, par contre, ça se bouscule. Des tortues grignotent des sacs de plastique, le dompteur Métallik fait sa ronde et un dauphin poursuit une bande de poissons.

Les bêtes terrifiées sautent au-dessus des vagues. Le dauphin s'élance et les croque en plein vol.

Sa nageoire frôle mon aile. Je perds l'équilibre et tombe en piqué. Je me redresse de justesse. Ouf! je l'ai échappé belle!

Je m'éloigne de l'eau et je vole plus haut. Le vent me pousse dans la bonne direction, alors je ne me fatigue pas trop. Pour me désennuyer, je compte encore les nuages et j'observe le paysage…

MILLE PÉTARDS! Il ne se passe rien au-dessus de l'océan! Je dois trouver le moyen d'avancer plus vite.

Au coucher du soleil, j'aperçois enfin un bateau: un petit voilier qui file sur les flots. Il me rattrape, et je me pose sur le mât.

Youpi! ici, je serai à l'abri. J'en profiterai aussi pour manger et dormir.

Une odeur de pourriture me chatouille les narines. Je laisse mon nez me guider et découvre une queue de poisson abandonnée sur le pont. Génial! j'ai de quoi me régaler pendant des jours!

Je pousse mon festin sous le canot de sauvetage et je le coince dans un cordage. Au même moment, un filet s'abat sur moi.

JE SUIS PRISONNIÈRE!

Je suis affolée, mais je ne veux pas le montrer.
Un gigantesque œil bleu m'examine d'un air cruel.
Je lève les poings, je grimace et je le menace :
— Gare à toi, je suis un monstre !

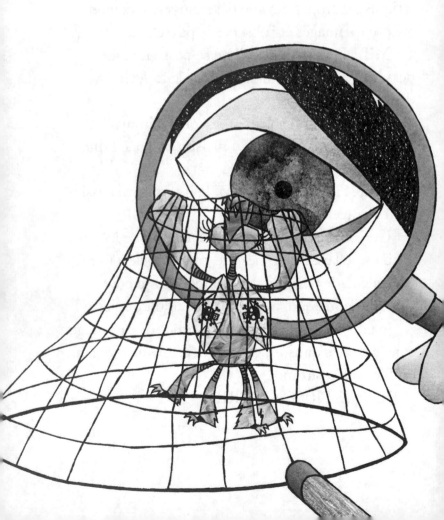

Le gros œil disparaît, et je découvre le visage d'un garçon.

Oh non ! c'est une catastrophe ! Le garçon me trouve comique.

HA ! HA ! HA ! HA ! HA !

Ses éclats de rire me transpercent la poitrine.

Tout d'un coup, je me sens faible…

J'ai froid, je ne vois plus rien, il fait noir…

CHAPITRE 10

JE SUIS PRISONNIÈRE D'UN COLLECTIONNEUR

Je me réveille enfermée dans un bocal de verre, sur la table d'une cabine du bateau.

Je nage dans un cauchemar ! Ce lieu est plus terrifiant que la prison de l'île des Effrayants !

Tous les murs sont couverts d'insectes embrochés sur des tableaux !

Sur la table, il y a aussi des dessins d'insectes coupés en rondelles, des fioles bizarres, de longues aiguilles et des pinces de métal... Cette cabine a tout l'air d'une chambre de torture!

J'entends des pas qui s'approchent...

Le garçon pousse la porte...

Va-t-il me piquer? Me découper? M'écarteler?

Non. Il tient une caméra et commence à me filmer.

— Je n'ai jamais vu d'insecte comme toi, marmonne-t-il. Tu es vraiment ravissante!

GRRR... Cet enfant a le don de m'énerver.

— Je ne suis pas un insecte et je ne suis pas ravissante. Je suis un monstre, je te l'ai déjà dit!

— Peuh! les monstres sont dans des zoos et ils sont tous plus gros que toi!

MILLE PÉTARDS! Cet Humain me met en rage.

Mais je me sens mieux. La colère me redonne des forces.

Le garçon pose sa caméra. Puis, il choisit une aiguille et un cadre dorés. Il me jette un coup d'œil admirateur:

— Tu seras le bijou de ma collection !

Je gronde :

— Tu veux m'embrocher comme tes autres victimes ?

— Tu ne souffriras pas, m'explique-t-il. Je transpercerai ton cœur et tu mourras sur le coup.

Ça, c'est trop fort. J'explose d'indignation :

— JE NE TE LAISSERAI PAS M'ASSASSINER !

Je respire un grand coup et je lâche un cri assourdissant.

Hiiiiiiiiiiii iiiiiiiiiiiiiiiii iiiiii !

Ma prison de verre ne résiste pas une seconde…

Ploing !

Ni la vitre de la caméra…

Cling !

Ni le hublot de la cabine.

Crac !

Le garçon laisse tomber l'aiguille. Je m'en empare et lui pique le nez :

— Je suis une Effrayante. Me crois-tu à présent ?

Le garçon a les lèvres tremblantes, et des larmes brillent dans ses yeux.

— Tu es un monstre cruel et sans cœur. Va-t'en !

CHAPITRE 11

JE NE SUIS *PAS* UNE ESPIONNE

La suite de ma traversée se passe sans histoire. Pendant des jours et des jours, je vole au-dessus des flots. Je dors sur des îlots d'ordures qui dérivent dans l'océan.

Après, je survole la terre pendant des jours et des jours. Je me régale de mets savoureux que les Humains cachent dans leurs poubelles.

Et puis, enfin, j'aperçois le zoo du Texas qui brille au soleil.

Devant les guichets, les visiteurs se bousculent pour acheter leurs billets. Je m'élance à l'assaut du dôme de verre et me pose à son sommet. Agrippée au toit transparent, j'observe les prisonniers de ce cachot géant.

J'ai un pincement à l'estomac. Je me revois enfermée dans le bocal du collectionneur, faible et ridicule, comme eux.

Découvrir tous ces monstres humiliés, ça me met en furie. Si j'étais la reine des Effrayants, je voudrais me venger, moi aussi.

Par chance, il y a les oiseaux-tonnerre. Les deux géants sont perchés sur de grandes balançoires. Ils ressemblent à des rois.

Mon cœur se gonfle de fierté. C'est moi, la minus, qui vais les libérer !

Je tape sur le dôme et je leur fais signe. Le verre est trop épais. Ils ne m'entendent pas. Je dois entrer dans le zoo pour leur parler.

À l'intérieur, une voix annonce dans le haut-parleur :

— Mesdames et Messieurs, le vampire Dracula est réveillé. Venez admirer notre vedette dans l'enclos des monstres du cinéma !

Les visiteurs se précipitent vers la cage de Dracula. Grâce à la cohue et au brouhaha, je passe inaperçue. Seules les mouches me remarquent.

Je trouve la volière des oiseaux-tonnerre. Entre les barreaux, j'aperçois Gabor et Gazou, juchés tout en haut.

Je traverse la grille… et je me retrouve entre les dents d'un petit serpent.

Je lui crie dans le nez, et il me laisse tomber. Mais, aussitôt, je suis attrapée par un monstre à l'air féroce et aux cheveux frisés.

— Hé, le morpion ! Que fais-tu ici ?

Je ne supporte pas d'être insultée. Je grogne :

— Je suis en mission pour Zia, et je ne suis PAS un morpion ; je suis une Effrayante.

— Yark ! yark ! yark ! des Effrayants comme toi, ça n'existe pas ! Tu es une espionne, je le sais.

— Tu me serres trop fort, tu me fais mal.

— Je gage que tu travailles pour les dompteurs.

— Lâche-moi ! Je viens voir les oiseaux-tonnerre. Pourquoi es-tu dans leur volière ?

— Ce sont les seuls qui supportent ma voix. Les autres monstres se révoltent quand je chante.

En disant cela, il m'écrase encore plus, mais je réussis à crier :

— Gabor ! Gazou ! J'ai un message de Zia pour vous !

La brute frisée pouffe de rire :

— Yark ! yark ! yark ! ce n'est pas vrai. Tu es une espionne. Je vais te torturer pour te faire avouer.

Du haut de son perchoir, Gabor siffle d'un ton dédaigneux :

— Hé ! Afro ! Tu te prends encore pour un héros de cinéma !

Le frisé est vexé :

— Tu n'es qu'un gros imbécile qui n'a jamais vu de film !

— Qu'est-ce que tu dis ? demande Gabor en quittant sa balançoire.

— Tu as compris, espèce d'abruti !

— Afro, tu parles trop ! gronde l'oiseau.

Il plonge sur le frisé, l'agrippe par les cheveux et le soulève de terre. Afro grimace, se débat et me libère enfin. Il est énervé, il crie :

— Tu es trop susceptible, Gabor. Je blaguais.

— Amusons-nous encore un peu, réplique Gabor.

L'oiseau s'envole vers la coupole et, tout d'un coup, il lance Afro dans les airs.

Afro tourne, tourbillonne… et retombe sur la barre d'une balançoire. Mais il est tout étourdi et ne peut s'y accrocher. Il bascule dans le vide et, malgré lui, exécute un saut périlleux.

Gazou plonge derrière lui. Il l'attrape par une patte et le lance à son tour. Afro voltige encore une fois. Gabor le saisit alors par le fond de culotte et le ramène au sol.

Le spectacle a attiré des curieux près de la volière. Ils applaudissent et félicitent Afro. C'est bizarre. À présent, le nez d'Afro ressemble à une grosse patate rouge. Il le gratte furieusement et fanfaronne :

— C'est moi, le plus doué, ici. Je chante et je fais des acrobaties. Les autres monstres sont jaloux...

Gabor se penche sur moi et me chuchote :

— Alors, c'est Zia qui t'envoie ?

CHAPITRE 12

C'EST À MOI DE JOUER

Je suis assise tout près des étoiles, sur le toit du zoo.

À l'intérieur, des Humains font le ménage et les Ridicules dorment dans leurs cages.

Les oiseaux-tonnerre se balancent sur leurs perchoirs et attendent…

Le ménage est fini. Les Humains s'en vont.

Les oiseaux géants lèvent la tête dans ma direction…

C'est à moi de jouer.

Je gonfle mes poumons et j'émets mon plus beau cri :

— *Hiiiiiiiiiiiiiiiiiiiiiii !*

MILLE PÉTARDS ! Il ne se passe rien !

Un doute me pince l'estomac. J'ai peur de rater ma mission.

Non, non. Je m'énerve pour rien. Zia ne peut pas se tromper. Si elle m'a donné ce pouvoir, c'est le bon !

J'essaie encore :

— *Hiiiiiiiiiiiiiiiiiiiiiiiiiii !*

À l'intérieur, Gabor et Gazou me regardent.

Je suis très énervée, mais je ne veux pas le montrer. Je leur fais un clin d'œil et je m'égosille de plus belle.

— *Hiiiiiiiiiiiiiiiiiiiiiiiiiiiiiiiiiiiiiiiii !*

Le dôme ne bouge pas. C'est un vrai cauchemar !

Si j'échoue, je ne pourrai plus retourner à l'île des Effrayants. Zia m'oublierait dans un cachot, comme elle l'a fait avec Apollo.

J'ai soudain une idée. Pour renforcer mon pouvoir, je n'ai qu'à me mettre en colère !

Je me concentre, et je pense à toutes les moqueries et à toutes les insultes qui m'ont fâchée…

Mignonne ! Minus ! Moustique !

Ces mots me piquent et me mettent en furie…
Microbe ! Morpion ! Espionne !

GRRR… Mon sang se met à bouillir et je ne peux plus me retenir.

Je pousse un cri perçant qui me déchire les tympans.

ziiiiiAAA

Le dôme craque et se lézarde…
Crrrrrrrrrrüüüüüüc !

Je suis épuisée. Je me couche à plat ventre pour reprendre des forces…

Les oiseaux-tonnerre volent sous la coupole.

Et soudain…

PATACLINNNNNG !

Le dôme éclate en mille miettes.

Une pluie de verre tombe dans le zoo et je dégringole avec elle.

Je veux m'envoler, mais une bille de verre me frappe à la tête. Je pique du nez, je ne vois plus rien, il fait noir…

Quand je me réveille, je suis dans la main d'Afro.

J'entends des cris et des plaintes, des portes qui claquent et une sirène qui hurle, et la voix tonnante de Gazou :

— DONNE-LA-MOI OU JE T'APLATIS COMME UNE CRÊPE !

— Pas question ! Tu m'emmènes ou je l'écrase ! riposte le frisé.

PELUCHUS   CROCODILE   GRAND GUGUS

Gazou soupire :

— Grimpe sur mon dos, dépêche-toi !

À travers les doigts d'Afro, j'aperçois des dompteurs en pyjama qui courent dans tous les sens, et des monstres enragés qui secouent leurs barreaux :

— On veut s'évader, nous aussi !

— Sales traîtres !

— Aidez-nous !

Gazou s'envole et, en trois coups d'ailes, il atteint le ciel.

Je n'entends plus les cris des Ridicules. Juste le bruit du vent dans les plumes de l'oiseau géant.

CHAPITRE 13

L'OCÉAN SE FÂCHE

À cheval sur Gazou, Afro chante à tue-tête.

Moi, je me suis réfugiée le plus loin possible de lui, près du bec de l'oiseau-tonnerre.

— Ce frisé est une calamité, me chuchote Gazou. J'ai bien envie de m'en débarrasser.

— Ne fais pas ça. Zia sera contente que je ramène un Effrayant de plus.

Mais la voix d'Afro est une vraie torture. Elle m'épuise, elle m'étourdit et, tout à coup, je glisse dans le vide.

J'ai une aile cassée, je ne peux plus voler.

Par chance, Gabor me rattrape et me garde avec lui. Je m'agrippe à l'une de ses plumes argentées.

Gabor plane très haut et, sur son dos, j'oublie que j'ai mal. Je m'imagine aussi grande que lui. Je rêve à la récompense que Zia m'a promise.

Je serai Anémie l'insecte-tonnerre ! Personne n'osera plus jamais m'insulter !

Il commence à pleuvoir, et je m'enfouis dans le plumage de l'oiseau.

Mais le vent se met à hurler, et je sors la tête pour voir ce qui se passe.

En dessous, l'océan se fâche. Il lance vers nous des vagues immenses. On dirait qu'il veut nous attraper.

Gabor m'avertit :

— C'est un ouragan. Accroche-toi, ça va barder !

Soudain, des éclairs déchirent les nuages et le tonnerre claque sur la mer. Le ciel est en furie, lui aussi.

Sur le dos de Gazou, Afro est terrorisé. Il ne pense plus à chanter. Il hurle :

— JE SUIS UN GÉNIE ! JE NE PEUX PAS MOURIR !

Puis, le vent emporte Gazou loin de nous.

Je n'entends plus Afro. Juste les hurlements de la tempête.

Gabor peine à voler. Le vent lui courbe les ailes et le fait tournoyer.

En bas, un gros bateau escalade une énorme vague. L'océan le retourne sur le dos et l'avale tout rond.

MILLE PÉTARDS ! L'ouragan est plus fort que les bateaux géants !

Le vent se déchaîne à présent contre Gabor. Il le secoue brutalement et lui arrache ses plumes argentées.

Je me cramponne de mon mieux à celle que je tiens, mais elle se détache. Je virevolte avec elle et tombe dans la mer.

Je me débats pour ne pas me noyer. Mon aile cassée me fait souffrir.

Une vague géante s'élève au-dessus de moi et me menace…

Juste avant qu'elle m'assomme, Gabor m'attrape dans son bec et me ramène dans les airs.

Je soupire et je perds connaissance.

Tu as détesté *Anémie, la mignonne musclée* !
Tu vas haïr *Albinos, le bavard baveux,*
le tome 5 des Effrayants

Albinos est tout blanc et il craint le soleil. Mais, grâce à ses yeux rouges, il voit dans l'obscurité ! C'est pour ça qu'il est le mouchard préféré de Zia. Chaque nuit, il espionne les Effrayants pour le compte de sa terrible reine. Celle-ci le charge d'une nouvelle mission : épier Hercule en tout temps et découvrir où il cache le Crâne Crépitant. Albinos sera-t-il à la hauteur ? Que cache encore la perfide Zia ? De sombres desseins, sans aucun doute…

TABLE DES MATIÈRES

Tu veux plus de lectures
monstrueusement rigolotes ?
Reste dans le monde
des **EFFRAYANTS** avec…

Achevé d'imprimer
en janvier deux mille douze, sur les presses
de l'imprimerie Gauvin, Gatineau, Québec